현 실 해 몽

현실해몽

발   행 | 2023년 03월 03일
저   자 | 다른이름
펴낸이 | 한건희
펴낸곳 | 주식회사 부크크
출판사등록 | 2014.07.15.(제2014-16호)
주   소 | 서울특별시 금천구 가산디지털1로 119 SK트윈타워 A동 305호
전   화 | 1670-8316
이메일 | info@bookk.co.kr

ISBN | 979-11-410-1752-1

현실해몽

다른이름 지음

현실해몽 : 현실을 꿈결처럼 해몽하다.

머리말 ·· 7

1. 처마 끝 달빛의 남김 : 여유란 무엇일까 ···························· 8

2. 단풍이 스쳐 간 자리에 떨어진 잎 방울 방울 :

　나는 나와 닮아있어 ·· 12

3. 성장은 하기 싫은 것에서 시작되고, 재능은 하고 싶은 것에서

　발견된다. : 불필요한 일은 없다. ································· 17

4. 같은 하늘아래, 같지 않은 :

　같은 하늘아래, 같지 않아서 다채롭게 눈이 부신 하늘아래 21

5. 한계 없는 한 개 : 한 개 라는 것은, 한계가 없는 것 ········ 24

6. 오후 5시 9분의 색깔 : 바쁠 수도, 한가할 수도 있는 시간

　햇살은 언제나 텃밭을 일군다. ····································· 26

7. 구름이 되어 헤엄치다 :

　하늘을 수영하는 고래 모양 구름과 일상의 속도 ·············· 28

8. 쌓이고, 쌓여 : 쌓여도 이내 녹으니까 분명 괜찮아진다. ···· 31

9. 공간 :

　공간은 재주와 솜씨를 발휘 할 수 있도록 기회를 주는 곳 33

10. 어떤 이의 이야기 : 우리의 이야기는 구하기 힘든 한정판 35

11. 부담을 내려놓고 쉴 수 있었던 시간 :

　　시간이 창틀을 지나치는 것을 아는 것 ················· 41

12. 퇴근 : 아무런 대가나 조건과 의미가 없는 그냥 ············ 43

13. 그림자놀이 : 드리우는 빛을 덮어본다. ················· 45

14. 오목하게 나누어진 칸들 : 세상에서 가장 위대한 Chef ··· 48

15. 부서져야 다시 붙일 수 있다. : 빛이 나는 조각들 ········· 50

16. 빛은 어디에서나 있다. : 네가 있는 한 ················· 53

17. 어디야 : 짝이 있는 곳을 알려주는 친절한 네비게이션 ···· 55

18. 바닷가 아닌데 바닷가 같다고 한다. :

　　내가 있는 곳이 파라다이스 ················· 57

19. 다 다르지만 동그랗다. : 다 다르지만 틀리지 않았다. ······ 59

20. 야식은 체력의 부담이 타협을 하는 계기 :

　　본능적으로 먹고, 본능적으로 자자 ················· 60

21. 현실 속 영웅의 질투 :

　　누군가는 간절히 원하고 바라는 것 ················· 62

22. 그림자 : 그늘을 그림 같은 작품으로 ················· 65

23. 빨간색도 시원해 : 나이를 먹는다는 건 풍부해진다는 것 · 68

24. 뜻밖에 : 뜻 없이 찾아와 지속되는 행복 ················· 71

25. 라비앙로즈 : 장밋빛 인생 ················· 73

26. 돌아오고, 흘러간다 : 시간과 좋은 일은 돌아오고,

　　물이 흐르는 것처럼 나쁜 일은 흘러간다. ················· 75

27. 아침이 있다는 것 : 누군가에게 사랑받는 것 ⋯⋯⋯⋯⋯ 78

28. 얼굴을 활짝 피자 : 활짝 핀 얼굴은 씨앗을 낳는다. ⋯⋯ 80

29. 뭐라고 생각해도 상관없어 : 나는 나니까 ⋯⋯⋯⋯⋯ 83

30. 하늘과 물 : 사람사랑 ⋯⋯⋯⋯⋯⋯⋯⋯⋯⋯⋯⋯ 85

31. 누구나 가지고 있기에 걱정할 것 없는 : 불안의 매력 ⋯⋯ 87

32. 모든 것은 일렁인다 :

   상처 속 자신과 자신의 상황을 탓하거나 미워하지 말자 ⋯ 89

33. 빼꼼 : 작은 용기는 없다. ⋯⋯⋯⋯⋯⋯⋯⋯⋯⋯⋯ 91

34. 흐린 눈으로 봐도 빛나는 야경의 까닭 : 노력 ⋯⋯⋯⋯ 94

35. 유리잔이 도자기가 되기까지 : 매일을 똑같이 빚다 ⋯⋯ 96

36. 잊지 말자, 우리의 요리라는 것을 :

   놓치지 말자, 소금과 후추 같은 사람을 ⋯⋯⋯⋯⋯ 99

37. 아웃 포커스 : 아웃은 없어 ⋯⋯⋯⋯⋯⋯⋯⋯⋯ 102

38. 없애고 싶은 것 : 주름일까, 세월일까 ⋯⋯⋯⋯⋯ 104

39. 계기는 갑자기 찾아온다. :

   계기는 어떤 것을 극복하게 한다. ⋯⋯⋯⋯⋯⋯ 106

40. 숨쉼 : 쉼은 숨처럼 꼭 필요한 것 ⋯⋯⋯⋯⋯⋯⋯ 108

작가의 말 : 우리의 현실은 충분히 괜찮다. ⋯⋯⋯⋯⋯ 110

'꿈만 같다'라는 말은 꿈에서 쓰지 않고, 현실에서 씁니다.
현실이 꿈만 같다는 것은 곧 현실도 꿈처럼 아름답고 황홀하다
는 것이죠.

그래서 저는 현실을 꿈결처럼 해몽합니다.

다른이름의 진짜 이름 '색다른이름'처럼 일상을 다채롭게 바라보
는 다른 시선으로 글에 온기를 더하고 색을 칠합니다.

별거 아닌 풍경에 감동하고,
별다를 것 없는 것을 좋아하는 사람이라서
눈에 보이는 모든 것을 관찰하고 찍습니다.
찍다가, 적고, 적은 것을 읽다가 잠드는 것이 좋은
소소함에서 행복을 느끼고, 일상을 특별하게 바라보는 시선을 공
유하고 싶습니다.

1

처마 끝 달빛의 남김 :
여유란 무엇일까

현실해몽 : 현실을 꿈결처럼 해몽하다.

처마 끝 달빛은 여리면서도 용감하다. 지붕의 가장 모서리에 자리 잡은 달은 땅으로 떨어질까 두렵지도 않은지 유유자적 여유롭게 있다.

여유는 어디에서 나올까.

물질적, 공간적, 시간적으로 남음이 있는 것이 여유인데 나의 일상에는 과연 남김이 있을까?

빠듯하게 울리는 알람을 끄고 일어나, 사람들이 우글우글 거리는 비좁은 지하철에 내 몸을 끼워 넣고, 숨 쉴 틈 없이 휘몰아치는 업무에 허덕이다가 퇴근을 한다. 퇴근길도 마찬가지, 사람들이 우글우글 거리는 비좁은 지하철에 내 몸을 욱여넣는다.

남김 없는 공간에 남김없이 나를 채워 넣으면 나에게 남는 건 없다.

나에게 남는 건 나라는 빈 껍데기일 뿐.
나를 채우기 위해서 밥도 먹어보고, 스트레칭도 해보고, 따뜻한 물에 몸을 노곤하게 녹여도 본다.
나를 채우기 위해서 영화도 보고, 핸드폰도 만져본다.

이상하지 않은가?
여유를 갖기 위해서 남김을 찾았는데 어느새 다시 나를 채우고 있다. 남김없이 나를 나의 일상에 불태워 나를 빈 껍데기로 만들었는데 다시 또 나를 채우고 있다.

여유를 찾으면서도 남기지 않고 다시 나를 채운다.
여유라는 건 남김이 있는 거면서도, 여유가 생길 때면 나를 남김 없이 알뜰하게 채우고 싶게 하는 욕심이다.

처마 끝 달빛이 아련하게 빛날 수 있는 건 욕심이 없어서이지 않을까.

"굳이 하루가 완벽하지 않아도 돼."
"하루를 보낸 것만으로도 충분해."

완벽을 버려서, 완벽하지 않은 현재에 안주하게 하는 말이면서도 나를 용감하게 하는 그런 말이다.

그럭저럭 하루를 보내고 집에 들어와 아무것도 하지 않는 나를 한심하게 보지 말 것.
그저 여유를 찾기 위해 욕심을 버리고 있는 것이니, 용기를 충전하고 있는 것이니, 그렇게 더 누워 있어도 된다. 남김없이 하루를 보낸 누구나 그래도 된다.

여유는 결국 처마 끝 달빛처럼 모서리에 가서야 보인다. 바쁘게 흘러가는 시간에 내가 밀려 모서리에 닿을 때 그제야 '아, 내가 너무 바쁘게 달려왔구나.' 하니까.

처마 끝에 고요히 가만히 계속 앉아 있을 자신이 없는 나는 여유를 조금 더 일찍 찾기 위해 오늘부터 욕심을 버리기로 했다.

우리의 시간과 여유는 너무나도 상대적이기에
절대 비교하지 말기.

절대 조급해하지 말기.
절대 스스로를 욕하지 말기.

2

단풍이 스쳐 간 자리에 떨어진 잎 방울 방울
: 나는 나와 닿아있어

옷깃만 스쳐도 인연이라고 하는데, 옷깃 한 번 스치기 힘들고, 스치더라도 말 그대로 스칠 뿐 연이 이어지지는 않는다. 지속적인 연을 기대한다면 가장 믿음직스러운건 아마도 나 자신 일 것이다.

나는 나와 항상 함께하고 있기에 나에게 있어 가장 가치 있는 같이 있는 사람이다.

내가 나와 스치면 어떨까.

내가 나와 스친다는 건 비단 육체적 접촉을 의미하는 것이 아니다. 마음의 스침, 닿음과 가깝다. 내가 얼마만큼 나 자신과 마음이 닿아 있을까. 나는 다른 사람의 소리에 귀를 기울이는 만큼 나의 소리에 얼마만큼 귀를 기울이고 있을까.

사람이 세상에서 제일 무서운 나는 사람하고 스치고 싶지 않으면서도, 사실을 외로운 사람인지 사무치는 고독함에 말 할 사람을 찾고 스치듯이라도 누군가와 닿고 싶어한다.

누군가가 스쳐지나간다.

누군가의 스침은 살갗이 아리는 상처를 준다. 누군가의 스침은 차가움에 얼어붙어 오돌토돌해진 피부에 온기를 나누어 준다. 누군가의 스침은 처음은 낯설지만 여운이 깊게 남는다.

그런 사람이 있다. 그렇게 막 친절하지도 않지만 그렇게 막 불친절하지도 않아서 뭔가 모르게 그냥 투정부리게 되는 사람. 그 사람을 좋아하거나 사랑 한다기에 나와는 잘 맞을 것 같지는 않지만, 곁에 두고 싶은 사람.

날선 날을 잠재우고 낮은 음성으로 읊조리듯 안정감을 주는 사람. 내가 뭔 짓을 해도 떠나지 않을 것 같은 사람. 친하지는 않은데 밥 먹자고 하면 먹어줄 것 같은 사람.

생각나는 사람이 있나요?

저는 있는데 있다고 말하기 애매하네요.

바로 나, 자신이 생각났어요.

저는 저한테 무수히 많은 상처를 주었고, 쓰레기라고 불려도 쓰레기가 아까운 사람들이 뱉어놓은 토사물을 꼭 껴안고 살았어요. 그러다가 어느 날은 창문 틈새로 들어오는 햇살이 눈이 부셔서 나를 꼭 안아주고 싶더라고요.

그러다 보니까 닿았어요. 나와 내가.

내가 나와 닿은 느낌은 첫 키스의 짜릿함, 사랑하는 사람과의 첫 경험의 특별함도 아니었어요. 내가 이런 사람이랑 사귈 수 있을까? 이런 동경 어린 마음이 섞인 짝사랑에서 시작되어 손가락에서, 손바닥, 다시 손가락까지 알차게 다 맞잡았을 때 느낀 설렘과 황홀함에 가까웠어요.

어쩌면 나는 나를 지독하게 존경하고 우러러 봤나보다. 지독한 나르시스트였던걸까? 내가 나와의 거리를 좁히고 다가왔을 때 그런 감정을 느끼다니. 나는 나를 짝사랑하고 동경했으면서도 외면한 나쁜여자인가보다. 그랬었다.

지금은 절절히 사랑하려고 한다. 미련이 남는건 찌질해서 싫어서 미련없이 후회없이 뜨겁게 사랑하려고 한다. 너무 뜨겁다면 가끔 쉬려고 한다. 지나치지 않도록 적당한 온도를 유지하며 내 곁에 쭉 있어주려고 한다.

계절이 바뀌면 나무들이 옷을 갈아 입는다. 알록달록한 옷을 입고, 옷을 내려 놓는다. 계절이 떠날 때는 알려주듯 잎 하나 하나를 떨어뜨린다. 나는 쪼르르 잎이 떨어진 자리로 가서 잎을 줍는다.

유독 날은 맑지만 그와 달리 내 마음은 쓸쓸한 날, 나무에서 잎이 떨어지는걸 보고 있으면 잎 하나 하나가 아니라 잎 한 방울 한 방울 같다. 나무가 흘리는 눈물 같다. 이제는 헤어져야 할 시간이야라고 말하며 시간에 불가항력에 저항하지 못하고 자신에게 붙어있던 연들을 떠나 보내는 것 같아 눈물 방울이 주책스럽게 맺힌다.

울면 눈이 붓고, 눈이 아프고, 머리까지 아프다. 나는 아픈게 싫은데. 아무도 아픈걸 좋아하지 않을텐데.
좋은 생각이 있다.
이 세상에 오직 한 사람, 나. 나 자신만은 내 눈에서 눈물 방울을 흘리게 하지 말자. 잎 들이 떨어지는 것을 눈물로 느끼지 않도록 나 자신과 스치기 보다는 곁에 있어주자. 꼭 붙어 있지는 않아도 늘 어딘가에서 지켜보자.

내가 나에게는 스치지 않고, 닿아 있으니 방울이 때로는 고이더라도 후두둑 떨어지지는 않을거다. 뚝뚝 방울을 떨구더라도 나는 어디 안가니까. 나는 나를 떠나지 않으니까. 걱정하지 말고, 스쳐서 아픈 연들은 보내버리고, 스쳐서 닿고 싶은 연들만 곁에 두자.

3

성장은 하기 싫은 것에서 시작되고,
재능은 하고 싶은 것에서 발견된다. :
불필요한 일은 없다.

빠르게 달리지만 안에 있으면 빠름이 느껴지지 않는 신기한 지하철.
느리게 가는듯하면서도 딱딱 시간을 잘 지키는 지하철은 직장인의 출근을 재촉하는 아침의 요란한 알람과 스트레스, 피곤함을 달래는 야식의 허기짐을 가지고 달린다.

빠르게 달리지만 안에 있으면 빠름이 느껴지지 않는 신비한 지하철.
느리게 가는듯하면서도 딱딱 시간을 잘 지키는 지하철은 친구와 가족, 연인과의 만남 속 설렘과 포근함, 편안함과 유쾌함을 가지고 달린다.

같은 지하철, 같은 속도지만 어떤 날, 누구와, 왜 타느냐에 따라 달라진다.
지하철의 목적지는 돈을 벌기 위한 수단이 되기도 하고, 삶의 목적이 되기도 한다.
지하철은 감정이 없으면서 감정을 가진 사람들을 태워서 때로는 기쁘고, 화나고, 사랑하고, 즐겁다.

수단과 목적을 싣고 일정한 속도로 희노애락을 모두 품은 채 매일 달리는 지하철의 목표는 사람들이 성장하고 발견하는 것이다.

이십대 초반과 중반 사이 나는 사람이 고팠고, 애정이 그리웠다. 헤어지는게 맞는데 맞는걸 하지 못해서 한 시간 반 동안 지하철을 타고 가서 누군가를 붙잡고 울었다. 나는 그때 사랑해서 붙잡은게 아니다. 위태로운 나는 기댈 곳이 간절히 필요했다. 내가 관계를 끊어놓고 다시 잡았다. 진심 없는 말들을 쏟아내며 애절하게 붙잡았다. 무의미한 행동을 의미 있는 것처럼 애써 포장했고, 애써 꾸미려는 사랑에는 애정이 없었다. 사랑은 애써서 되는 것이 아님을 나는 그때 배웠다.

집으로 돌아오는 길 다시 지하철을 탔다. 지하철에서 정말 행복해 보이는 연인들을 보며 나는 내가 어처구니 없어서 울었다. 이렇게 밖에 사랑하고, 사랑받지 못하는 내 자신한테 화가 나서 울었다. 지하철에서 잔잔하지만 꾸준하게 '노'를 느끼고, 다스리던 그런 약간은 한심하지만, 깨달음을 준 시간이 있었다. 이제는 희미해진 얼룩 같은 기억일 뿐이다.

어리숙한 경험을 하고 나니 나는 애쓰지 않아도 사랑받는 사람으로 성장해 있었다. 미치도록 싫었던 시간이면서도 내가 놓아주지 못한 안쓰러워서 안타까운 시간들이 나를 성장시켰다. 애인을 만나러 가는 지하철 안 나는 설렘으로 가득한 '애'를 느꼈다.

사랑을 받아야 자라나는 나는 나이만 먹었지 애다. 칭찬을 많이 받는 어린이들이 자신감 넘치는 발걸음으로 하고 싶은 것들을 말하는 것처럼 나도 하고 싶은 것들을 찾아 말했다. '글을 쓰고 싶어!' '락'을 찾았다.

책을 읽던 지하철에서 글을 틈틈이 썼다. 내 글에 칭찬이 달렸다. '희' 밝음이 찾아왔다.

지금 만약 무언가가 너무 하기 싫다면, 성장통을 겪는 중일 것이다.
하기 싫은 것을 하고 나면 반드시 성장하니까.

지금 만약 무언가가 정말 하고 싶다면, 재능을 발견한 것이다.

재능은 꼭 잘해야 할 것 같지만 그게 아니다. 무언가를 하고 싶
다는 마음이 생기고 그것을 꾸준히 하는 것. 그것도 재능이다.
사랑을 꾸준히 하는 것. 그것도 재능이다. 아름다운 감정 중 하
나인 사랑에 재능이 있는 거다.
재능의 종류는 무한하고 그저 발견하기만 하면 된다.

지하철은 여러 사람들이 셀 수도 없이 타는 거라서 그 누구보다
많은 것들을 보고 듣는다. 지하철은 나의 지침도 아무렇지 않게
받아주는 진정한 성인이다.

지하철은 담담한 목소리로 매일 말해준다.

가기 싫다면, 너는 성장하고 있는거고
가고 싶다면, 너는 재능을 발견 한거야.

4

같은 하늘아래, 같지 않은 :

같은 하늘아래,

같지 않아서 다채롭게 눈이 부신 하늘아래

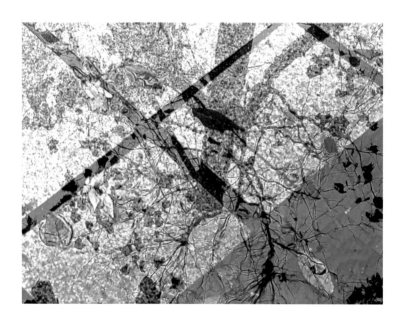

맑은 하늘아래 누군가는 놀러가고, 누군가는 일하러 가고,
누군가는 집에서 뒹굴거리고, 누군가는 집안일을 한다.

흐린 하늘아래 누군가는 우산을 챙기고, 누군가는 장화를 신고,

누군가는 약속을 취소하고, 누군가는 **빨래**를 걷는다.

봄 하늘 아래 누군가는 꽃비를 맞고, 누군가는 꽃비를 치우고, 누군가는 외로워 하고, 누군가는 만남을 갖는다.

여름 하늘아래 누군가는 에어컨을 틀고, 누군가는 선풍기를 키고, 누군가는 아이스크림을 먹고, 누군가는 이열치열 국밥을 먹는다.

가을 하늘아래 누군가는 그리워하고, 누군가는 시작하고, 누군가는 성숙해져가고, 누군가는 안정을 찾는다.

겨울 하늘아래 누군가는 산타 할아버지를 기다리고, 누군가는 이벤트를 준비하고, 누군가는 고구마를 까먹고, 누군가는 연말정산을 한다.

비 온 뒤 하늘아래는 축축하다. 빗물이 만든 웅덩이에 차 바퀴가 닿기라도 하면 그날 옷은 다 버리는거다. 다들 피하는 웅덩이를 누군가는 가는 길까지 멈추고 사진 찍는다.

나는 비 온 뒤 물이 만드는 웅덩이가 좋다.
웅덩이로 비치는 그림자는 바닥이나 사물에 비치는 그림자보다 투명해서 가녀린 느낌이 들어 지켜주고 싶은 보호 본능을 자극해서 조심스러운 눈길로 바라보게한다. 바라보고 있으면 조그마한 웅덩이 안에 또 다른 세상이 펼쳐진다. 아래에서 바라보는 세상은 거대한 것 같으면서도 막상 두려워 할 정도의 크기는 아니라서 '픽'하고 웃음을 세어나가게 한다. 바람이 조금이라도 불어 나뭇잎이나 나뭇가지가 살포시 웅덩이 안으로 들어오면 비가 만든 작은 세상에 알록달록한 숨결의 향이 감미롭게 퍼진다.

내 인생에 첫 번째 터닝 포인트, 혼자 떠난 해외여행에서도 물웅덩이와 마주보며 발걸음을 멈추고 시간을 보냈다.

이때부터 슬슬 나의 취향을 제대로 알기 시작했다. 이제 막 시작한 거라서 완벽하지는 않았지만, 어설픈 시작이 있었기에 이제는 완전히 만족스러운 나만을 위한 여행과 나만을 위한 시간을 즐길 줄 안다.

비 오는 건 싫은데 비 온 후 웅덩이는 좋아하는 모순덩어리인 나는
같은 하늘아래, 같지 않은 특별함을 가진 사람이다.

같은 하늘아래, 저마다 같지 않은 생각을 하고 행동을 하는 모두가 특별함을 가진 사람이다.

같은 하늘아래, 같지 않아서 다채롭게 눈이 부신 하늘아래.

5

한계 없는 한 개 :

한 개 라 는 것 은 , 한 계 가 없 는 것

버섯, 파, 양배추, 청경채.

각각 다른 개수로 세어지는 재료들이 하나의 접시에 담겨 한 개
가 된다는 것은 한 개라는 작은 수를 거대하게 만들어 주는 것
이다.

한 개.

딱 한 개라고 하면 작아 보이는데 그 한 개 안에 몇 개가 함께
하고 있는지 알면 한 개라는 숫자의 무한한 가능성을 믿게 된다.

한 개의 한계는 없어서
한 개가 주는 맛의 개수는 몇 가지로 정의되어 있지 않고,
한 명의 한계도 없어서
한 명이 할 수 있는 것들을 고작 몇 가지로 제한하면 안된다.

한 개의 요리가 나오기까지의 과정을 생각하면 1이라는 작은 숫
자가 왜 시작이고, 처음인지 깨닫게 된다.

1은 1이라서 한계가 없고 무한하다.

한 개의 요리는 한계가 없고 무한하다.
한 개의 요리는 한계 없는 무한한 맛을 선보인다.
한 개의 요리를 하는 한 명의 사람은 무한함을 선사한다.
한 명의 가능성은 무한대다.
한 명은 무한대로 뻗어나간다.

6

오후 5시 9분의 색깔 :

바쁠 수도, 한가할 수도 있는 시간 햇살은

언제나 텃밭을 일군다.

자전거를 타다가 버스를 탄 지 5분 정도 지났을까, 가는 길에 창문을 보던 내 눈을 앞으로 이끌어 앞을 봤는데 버스 안에 작은 텃밭이 있었다.
딸기, 블루베리, 옥수수, 고추. 무엇하나 햇살과 어울리지 않은 것 없이 알록달록한 색상이 멈추지 않고 흐르는 시간을 사진에 담아 멈추게 했다.

5시 9분은 그렇게 내 앨범 속에 간직 되었고, 5시 9분의 색깔은 내 글자에 기억을 새겼다.

5시를 9분 넘긴 시간 회사에 있다면, 퇴근 전 정리를 하느라 바쁠 수도 있고, 급한 일을 다 끝내 한가 할 수도 있다. 일을 쉬고 있다면 약속을 가느라 바쁠 수도 있고, 늘어지게 한 숨자고 일어나 핸드폰을 하며 한가로이 있을 수도 있다.

느긋하거나 빠듯하거나 이러나저러나 햇살은 비친다.
여유 있거나 여유 없거나 이러나저러나 햇살은 그린다.
늦었거나 빠르거나 이러나저러나 햇살은 일군다.

햇살은 언제나 정류장에 서는 버스처럼,
햇살은 언제나 부지런히 빛을 내어 식물을 자라게 하고, 텃밭을 일군다.

우리는 언제나 부지런해도, 게을러도 눈을 뜨고, 하루를 시작한다.
우리는 언제나 빛이 나서 하루를 자라게 하고, 삶을 일군다.

7

구름이 되어 헤엄치다 :
하늘을 수영하는 고래 모양의 구름과
일상의 속도

나와서 일부러 하늘을 봤고, 하늘에 있는 구름의 모양이 고래 같아서, 하늘과 바다는 닮았다는 걸 다시 한 번 느꼈다. 하늘이 어두워지면 바다도 어두워지는 것처럼 하늘의 시간과 바다의 시간은 함께해서 오래된 벗처럼 많이도 닮아있다.

시간을 함께 한다는 건 관심이 있기에 가능 한 일. 회사를 다니면 회사에서 가장 많은 일을 보내는데 나와 회사는 서로가 서로에게 관심이 있는 사이일까? 돈을 받으면 애정이 생기다가도 무리한 업무와 상사의 압박, 이상한 동료들로 인해 증오가 생기기도 하는 회사와 나는 돈이 존재하는 한 유지될 수밖에 없는 애증의 관계다.

애정이 있지만 증오하는 것. 이건 정말 애정, 사랑의 정이 맞는걸까? 나는 잘 모르겠다. 하늘과 바다의 관계를 보고 있으면, 아닌 것 같다.

하늘과 바다는 서로의 속도를 맞춰준다.
"너 한걸음, 나 한걸음. 힘이 들면 반만 걸어도 돼. 너 반걸음, 나 반걸음."
그렇게 함께 일상의 속도를 맞춘다.

일상의 속도를 맞추기 위해 시계를 본다. 굳이 시계를 보지 않아도 하늘의 밝음과 어둠으로도 시간의 흐름은 어림잡아 알 수 있다. 하늘을 창문 너머 보지 않고 손을 뻗어 닿을 듯 말 듯 느끼고 싶어 나는 회사를 나왔다. 회사 밖에 있는 하늘은 먼지가 앉은 회사의 창문보다 더 선명하게 내게 다가왔다. 하늘을 두둥실 자유롭게 유영하는 구름들은 바다를 자유롭게 수영하는 고래들 같았다.

회사는 하나의 어항이고, 수족관이고, 강이고, 바다고, 하늘이다.
고래에게 물은 어항이고, 수족관이고, 강이고, 바다고, 하늘이다.

회사를 나와 일부러 바라본 하늘에는 고래가 있었고, 내가 본 고래에게 물은 하늘이었다.

회사를 나와 눈물을 삼키기 위해 일부러 올린 머리 위에 둥 떠 있는 구름 고래를 보고 나는 깨달았다.

같은 고래라도, 같은 사람이라도 같은 곳을 어항, 수족관, 강, 바다 다 다르게 느끼는구나.

누군가에게 어항은 안전한 곳이고, 누군가에게 바다는 너무 깊어서 무서운 곳이고, 누군가는 깊은 바다보다 높은 하늘이 편안하구나.

같은 공간을 저마다 다 다르게 느끼는 것처럼, 일상의 속도도 다르다. 누군가는 빠르게 승진을 원해 학원을 다니며 자기 개발을 할 것이고, 누군가는 큰 욕심 없이 적게 먹고 적게 싸는 것을 선호해서 퇴근 후 휴식을 취할 것이다.

답은 없다. 우리의 걸음 모양과 발자국이 다르듯이 일상의 속도가 다를 뿐이다.

고개를 올려 바라보는 하늘의 각도가 저마다 다르듯이, 하나도 똑같은 모양의 구름은 없듯이 우리의 속도도 다 다르다.

일상의 속도가 빠르나, 느리나 하늘은 기다려 주고, 구름은 여전히 우리의 머리 위에 떠 있다.

천천히 조금씩 가는 건 하늘을 오래도록 바라보는 겸손한 것, 구름을 하나하나 세어보는 섬세한 것이다.

빠르게 많이 가는 건 하늘의 많은 부분을 보는 담대함이고, 구름을 이끄는 진취적인 것이다.

8

쌓이고, 쌓여 :

쌓여도 이내 녹으니까 분명 괜찮아진다.

사랑과 우정, 행복, 기쁨처럼 긍정적인 감정은 스며들고,
상처와 배신, 불행, 우울처럼 부정적인 감정은 쌓인다.
눈처럼 잎, 바닥, 손잡이, 옷 구분하지 않고 온몸 구석구석과 온
정신의 구석구석에 쌓인다.

쌓인 눈은 녹으면 물이 되어 없어진다.

눈처럼 쌓인 것들도 눈이 반드시 녹는 것처럼 언젠가는 녹아 물이 되어 이제껏 본 적 없는 밝은 날, 따스한 날을 선사할 것이다.

무언가가 쌓여 뭉쳐 있을 때 눈을 생각한다.
소복하게 쌓인 눈들이 어느새 다 녹아 사라지고 봄을 반기는 꽃들이 피어오르는 것처럼 나도 그렇게 될 테니까.

9
공간 :
공간은 재주와 솜씨를 발휘 할 수 있도록
기회를 주는 곳

나무와 나무의 사이, 나뭇가지와 나뭇가지의 사이, 나뭇잎과 나
뭇잎의 사이는 사이가 벌어져서 좋은 관계다. 오순도순 가깝지만
각자의 공간을 침범하지 않아 공간이 있다.
공간은 하늘을 보여주고, 하늘 사이로 지나가는 구름들로 재주를
부린다.

공간은 '아무것도 없는 빈 곳'이라는 뜻도 있지만,
공 공(功)에 줄기 간(幹)자를 쓰면 어떤 일을 할 수 있는 재주와
솜씨가 된다.

아무것도 없는 빈 곳이 요술 같은 재주와 솜씨를 채워질 수 있
는 건 공간이 있기 때문이고, 공간이 있어서 재주와 솜씨를 마구
부릴 수 있는 것이니 공허 할 때, 외로울 때 불안해 할 필요 없
다.
마음의 공간이 생겼다면 때가 된 것이다.
마법 같은 재주와 솜씨를 부릴 기회가 온 것이다.

공간은 공간(空間)이라서 공간(公幹)이 되고, 공간은 공간(空間)
보다는 공간(公幹)이다.
공간(空間)은 공간(公幹)을 부릴 무대의 장이다.

10
어떤이의 이야기 :
우리의 이야기는 구하기 힘든 한정판

이름처럼이나 뚝심 있게 매일 같은 자리를 지키며 온 계절의 냄새를 입은 뚝방길을 걷다보면 자주 멈추게 된다. 멈추지 않았다면 시작되지 않았을 이야기. 이야기는 저절로 만들어지지 않는다.

벽에 껍질이 벗겨진 그저 그런 평범한 모습에서 이야기가 들려온다.

- 되지 못하면 죽이리.

중절모를 쓴 한 남자는 어떤 일이 잘 풀리지 않는지 아무 곳에 걸터앉아 담배 연기를 내뿜는다. 그의 손에는 구겨진 신문과 바게트 샌드위치가 들려있다.
그는 유명한 탐정, 셜록 홈스를 동경하지만 마음 속 깊숙이 셜록 홈스에 대한 자격지심과 열등감이 자리 잡아 셜록 홈스를 죽일 계획을 세우고 있다.
그의 계획은 과연 성공할 수 있을까?

자격지심과 열등감은 모두가 가지고 있는 감정이지만, 발현되는 모습은 모두가 다른 감정이다. 자격지심과 열등감이 잔인하게 발현되지 않기를. 부디 승화되기를 바란다.

- 흔적

무엇의 흔적인지 모른다. 나는 알 수 없다. 새들의 왔다 갔다 한
발의 흔적일 수도 있고, 바람의 비행을 잠시 멈춘 나뭇가지의
쉼의 흔적일 수도 있다.
우리의 인생은 알 수 없는 무수히 많은 흔적을 남긴다.
그 흔적은 아름다운 추억일 수도, 쓰디쓴 경험일 수도 있다. 그
흔적 속 나는 꾸준히 무언가를 찾는다. 흔적을 찾아 헤매다 보면
흔적 속 박혀있는 나뭇잎과 돌멩이들을 발견 할 수 있다.
나뭇잎과 돌멩이의 아주 작은 사소함은 흔적으로 돌아가

후회하는 나에게 깨달음을 준다. 다시금 앞으로 나아갈 수 있게 한다. 그래서 우리는 계속해서 흔적을 남길 수 있다.

어떤 흔적에 미련을 갖고 놓아주지 못하다가도 반짝이는 나뭇잎과 돌멩이를 보면 시선을 빼앗긴다. 잠시나마 미련을 놓게 된다. 그렇게 잠시가 가끔이 되고, 가끔이 자주가 되어 점점 미련과 멀어진다. 어제와 그제, 일년 전, 삼년 전, 오년 전, 십년 전에 머물러 있다가 오늘에 도착한다.

흔적은 끊임없이 생긴다.

흔적은 모래 위에 발자국처럼 남기기도 쉽지만 모래알이 날아가는 것처럼 쉽게 지워지고 새로운 모래로 덮이기도 한다. 붙잡고 있어서 괴로운 흔적이라면 모래를 한 줌 쥐었을 때 손바닥 밑으로 세어나가는 모래알들처럼 세어나가게 두면 된다.

애써 아픈 흔적을 잡고 있기엔 그대가 남길 수 있는 흔적들이 아깝다.

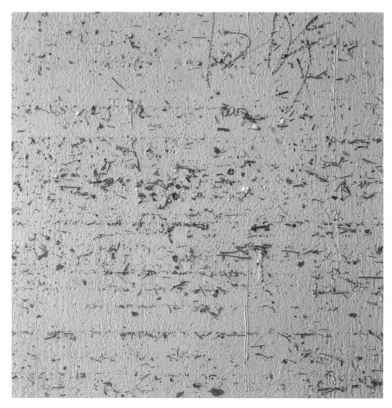

- 눈 알맹이

완벽하게 매끄럽지 않은 표면이지만 미끄러질 것 같은 색을
하고 있는 배경의 모순. 모순을 모순이 아닌 듯 만들어 주는
짧게 끝이 나버리는 선들. 중간 중간 튀어나온 무언가들. 짧고
우둘투둘 거리는 선을 따라가 보면 하얀 알갱이가 보인다. 하얀
알갱이는 눈물이다.
어릴 때는 길에서도 엉엉 운다. 나이가 들면 어디서 울기가 쉽지
않다. 울음을 터뜨리고 싶을 때는 슬픈 영화를 보며 눈물에 대한
이유를 영화로 돌린다.

나로 시작된 눈물의 이유가 계속해서 슬픈 영화로 돌아가면
나의 눈물은 자유롭지 못하다. 알맹이가 맺힌다. 주륵 하고
흐르던 눈물은 딱딱한 알갱이가 돼서 마음의 창 어딘가에 맺혀
언제든 녹을 준비를 하지만 나의 허락이 떨어지지 않아 쉽사리
녹아내리지 못한다. 우둘투둘한 선들에 걸리고 만다.

울면 눈도 붓고, 머리도 아프고 하지만, 흘리라고 있는 눈물을
억지로 참을 필요는 없다. 안 울어도, 울어도 아프다면 알맹이를
굳이 만들지는 말자. 울고 싶으면 그냥 울자.
우는데 이유가 왜 필요한가. 내가 슬프고 힘들다는데. 그래도
우는 이유가 자기 자신이 아니면 좋겠다는 작은 바람은
간직해보자.

길을 걷다보면 많은 사람들이 보인다. 그 사람들 중 단 한 명도
똑같은 사람이 없다는 것에 이따금씩 놀란다. 나와 똑같은
사람이 없는 것처럼 똑 닮은 이야기도 없다.
이야기의 주인은 개개인이다. 이야기의 주인공은 오직 나,
자신이다. 이 세상에 조연은 없다. 모두가 주인공이다.
영화나 드라마, 책 속에 있는 수많은 주인공들 중 나는 어떤
주인공을 좋아할까? 어떤 주인공처럼 되고 싶을까? 주인공으로
인해 전개되는 이야기처럼 이야기는 저절로 만들어지지 않는다.
지금까지 써온 이야기들이 마음에 들던 들지 않던, 내가 있어서
있는 어마어마한 한정판 에디션 이야기다.

저절로 써지지 않는 저마다의 이야기는 구하기 힘든 한정판이고,
우리는 리미티드 에디션을 제작한 어마어마한 감독이자,
디자이너이자, 작가, 주인공이다.

11

부담을 내려놓고 쉴 수 있었던 시간 :

시간이 창틀을 지나치는 것을 아는 것

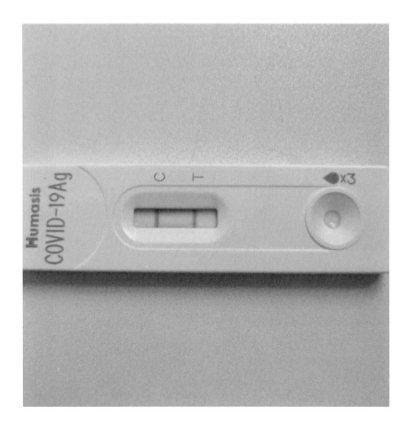

아파서 쉬면 아파서 서러운데 무언가를 '해야 해' 라는 압박감과 '못했는데 어떡하지?'라는 죄책감이 없어서 오히려 마음 한 구석은 편하다.

코로나로 나의 공간은 나의 작은 집 하나로 정해졌다. 코로나로 나의 시간은 나의 작은 집 안에서 흘러갔다.

시간이 창틀을 지나치며 아침의 새소리, 낮의 따사로움, 오후의 나른함, 저녁의 허기짐, 밤에 투정을 보인다. 나는 평범한 하루에서 부담 없는 평온함에 취해 잠에 든다.

12

퇴근 :

아무런 대가나 조건과 의미가 없는 그냥

퇴근길은 퇴장과 같은 수글을 써서 어딘가 씁쓸한 침을 퇴!하고 뱉을거 같은데 전혀 그렇지 않다.

퇴근길은 근심에서 멀어지는 길이다.

근심에서 물러나니 아무런 대가나 조건이나 의미가 없는 그냥 하고 가까워진다.

그래서 퇴근길은 피로에 눌려 있어도, 구불구불 꺾인 곡절이 여전히 굽어 있어도 그냥 좋다.

그냥 좋은 것, 또 뭐가 있을까.
아무런 대가나 조건이나 의미 없이 나를 그냥 좋아해 주는 건 무엇일까.

나는 나를 그냥 좋아할까?

13

그림자놀이 :

드리우는 빛을 덮어본다.

부스스한 머리를 손으로 대충 빗으며, 고양이 세수보다 더 대충 세수를 밍기적 거리며 하면, 셀 수도 없이 다짐한 부지런한 주말 대신 게으른 내가 있다.

난 잘 한 것이 없는데 그냥 푹 잔 것 밖에 없는데 푹 자서 '다행

이야'라고 어딘가 안심이 되고 기대고 싶은 따스함으로 선물을 준비한 오후의 햇살은 창문 사이로 살며시, 조심스럽게 들어온다.

창문을 통해 들어온 햇살은 한 벽면에 그림을 그리며 나를 웃게 만든다.
창문의 모양과 똑같은 무엇이든 환영하는 네모난 선물상자 안에는 무엇이든 들어간다.

손가락만 하면서 더 높은 곳으로 가려고 저 멀리 가리키는 용감한 난쟁이가 자는 동안 잃었던 수분을 채우라고 자신의 주전자에 든 물을 내 물병 안에 넣어 두고 갔다. 누군가에게 무언가를 선뜻 내어줄 수 있는 배려에 나는 난쟁이의 꿈을 진심으로 응원하게 됐다. 배려는 마음을 움직이는 진실 된 힘이 있나보다.
난쟁이가 준 물로 목을 축이고 나니 하트모양 귀를 한 토끼가 보인다. 토끼는 사랑에 빠졌는지 귀 마저 하트가 되어 사랑스러운 음성으로 말하고 사랑이 듬뿍 담긴 목소리만을 듣는다. 사랑은 마음과 함께 눈과 귀와 코와 입, 전부를 가져가는 강력한 힘이 있나보다.
하트모양 귀를 한 토끼는 과연 누군가를 그토록 많이 사랑하는 걸까? 책과 자신이 폭삭 주저 앉지 않게 자신의 몸으로 버텨주는 아이를 사랑하는지 서로 눈을 꾸준히 맞춘다.

누군가를 위해 내어주고, 기대게 해주는 사람을 사랑하지 않을 수 있을까?
관심에서 비롯된 배려는 사랑을 기대하게 하는 깜찍한 반칙이다.

네모난 선물상자에서 싹튼 배려와 사랑의 색은 같은 빛을
덮어서일까. 모두 색이 같다.
진심이 담긴 사랑은 빛이 드리우나 없으나, 항상 같은
색인가보다. 누군가의 사랑의 색깔이 불투명하다면, 그건 어쩌면
놀이에 불가한 장난일 수도 있다.

더 이상의 밉살스러운 장난으로 상처를 입기 싫은 나는 오후의
빛이 건네준 네모난 선물상자의 빛으로 나를 덮어본다. 빛을
마셔본다. 밝은 공기가 입안에 맴돈다.

14

오목하게 나누어진 칸들 :
세상에서 가장 위대한 Chef

빠르게 설거지를 하고 쉬기 위해서 식판을 샀다. 식판은 칸들이
나누어져 있어서 매일 다른 요일을 채워 가는 것처럼 각기 다른
반찬들을 섞이지 않게 채울 수 있다.

어떤 요일은 일이 잘 안 풀리고, 어떤 요일은 일이 잘 풀리고 다
다른 것처럼, 식판도 다르게 채워진다. 어떤 칸에는 고기가,

어떤 칸에는 버섯이, 어떤 칸에는 김치가, 어떤 칸에는 밥이, 어떤 칸에는 된장찌개가. 저마다의 특징이 있는 특별함을 가지고 있다.

어라? 고기와 버섯 밑에 깔린 채소가 같다. 월요일의 영향을 받는 화요일, 화요일의 영향을 받는 수요일처럼 식판 속 음식들도 서로가 서로에게 영향을 주고받는다. 고기와 버섯이 잘 어울리고, 밥과 김치, 된장찌개가 잘 어울리는 것처럼 요일들도 식판 속 하나의 요리가 된 요리들처럼 결국 잘 어울린다.

어떤 요일에 유난히 힘들어서 모든 것을 포기하고 싶어도 그러지 말자. 또 다른 하루를 다시 채워 가면 되니까, 또 다른 하루가 지독하게 힘들었던 하루와 어울리면서 잘 보살펴 줄 거니까.

학창시절의 식판과 구내식당의 식판은 내가 채우러 갈 뿐 이미 정해진 것들로 채워지지만, 내가 만든 식판은 그렇지 않으니까. 오직 나만 채울 수 있는 거니까. 누군가 때문에 힘들었다고 중요한 밥을 놓지 말자. 끼니에 때가 있듯이 우리에게도 분명 때는 있고, 그때는 분명히 찾아오니까.

매일 때를 맞춰 밥을 먹는 것처럼 우리는 매일 월, 화, 수, 목, 금, 토, 일 나누어진 요일들을 보내며 일주일을 채워나간다. 하루의 맛, 하루의 맛이 모여 일주일의 맛을 완성한다. 하나의 요리가 된다.

요리를 완성한 우리는 세상에서 가장 위대한 Chef다.

15

부서져야 다시 붙일 수 있다. :
빛이 나는 조각들

조금 가까워진 관계는 발끝을 적시고, 조금 더 가까워진 관계는 정강이까지 적신다. 더 가까워지면 허벅지, 허리, 가슴, 목, 머리 끝까지 나를 적신다. 적시다 못해 나를 잠기게 한다. 잠긴 나는 엄마의 배 안에 있는 태아처럼 편하기도 하고 숨이 막히기도 한다.

누군가가 나를 적셔오면 장난으로 느껴져 웃음이 번지고, 누군가가 나를 적셔오면 폭력으로 느껴져 피가 번진다.

피가 한 방울 뚝, 뚝 흐르기 시작하면 어느새 검붉은 색이 나를 잠식시킨다. 핏물로 물든 나를 꺼내기 위해서는 물에서 나와야 한다. 물을 가둔 것을 깨부숴야 한다. 스며든 옷들을 찢어 버려야 한다. 살기 위해 나를 부숴야 하는 이 모순 속에서 나는 처절한 사투를 벌인다. 살고 싶어서 나를 부수고, 살기 위해 깬다.

잘게 깨진 것 안에 들어있던 핏물은 다른 물들과 섞이며 점차 비릿한 피의 자취를 감출 수 있다. 깨뜨려도 부숴도 없어지지 않고 지워지지 않는 이미 다 스며든 검붉은 색 물은 맑은 색으로 희석 시키는 방법뿐이다.

그래서 나를 깨뜨린 것들을 깨부쉈다.

부서진 조각들 위를 사박사박 걸으면 눈을 밟는 느낌이 든다. 하얀 눈처럼 빛이 나는 나의 조각들은 나의 상처마저도 사랑하는지 나를 보며 빛을 내고 있다.

오랜 고민 끝에 다시 시작한 직장 생활. 준비가 덜 된 내 자리에 볕이 들었다. 물병을 통과하는 볕은 물을 깨뜨려 이리저리 흩어지게 했다. 물의 흩어짐은 유리 조각 같았고, 플라스틱 물병은 꼭 알 같았다. 병아리가 알을 깨고 나오듯, 데미안이 알에서 나오려고 투쟁하듯 빛을 타고 뿜어져 나온 물의 그림자의 조각들은 빛이 났다.

부서지지 않고 애매하게 깨지면 다시 붙이지 못한다. 다시 시작하고 싶다면 과감히 깨부숴야 한다. 힘들어도 깨고 나면 답답함이 해소된다. 악몽에서 깨어난 듯 헉헉 거친 숨을 내쉬다가도 현실은 그렇지 않음에 안도할 수 있다.

부서져야 다시 붙일 수 있다. 부서진 조각들마저도 틀림없이 반짝거리는 우리의 미래를 응원하기에, 깨뜨릴까봐 너무 조심스러워하지 말자. 깨지고 부서져야만 다시 붙일 수 있으니까.

16

빛은 어디에서나 있다. :

네가 있는 한

코앞에 있는 듯 가까이 빛이 밝히는 여긴, 다리 밑이다.

다리 밑은 밑이라서, 사람들이 이동하는 발 밑이라서, 지상보다는 지하와 가까워서 살기도 꺼려지고 잠시라도 있기 싫다. 잠시도 있기 싫은 그런 곳에 매일같이 찾아오는 공평함이 있다.

빛이다.

아무것도 보이지 않는 길을 걷는 기분이 들 때가 있다. 끝나지 않을 시간은 원래의 시간을 저 멀리 지구의 원 밖으로 보내서 나를 이렇게 만든 것들에게 아니면 내 자신에게, 내 상황에게 원한을 갖게 한다. 원한이라는 검붉은 피의 비릿함과 닮은 오래된 쇠 냄새가 진동하는 검정색 길은 걷기도 멈춰 있기도 싫다. 아무도 찾아오지도 않고, 아무도 내 말을 들어주지도 않는다. 의미 없는 시간이지만 오랫동안 내 곁에 남아있을 상처가 된 시간들의 어둠. 어둠은 더욱 깊숙한 곳으로 끌어당기고 아래로, 아래로, 아래로 나를 내려 보낸다.

아래로, 아래로, 여기가 끝일까? 싶은데 더 아래로.
내려가도 희한하게 앞이 보인다. 왜일까 곰곰이 생각해보면 언제나 빛은 있었다. 내가 외면해도 내가 꺼지라고 소리쳐도 욕을 해도 매일같이 나를 찾아오는 것이 있다.

빛은 다리 밑 사람이 찾지 않는 곳 까지 스며들고,
빛은 마음 속 깊은 상처, 살해당한 영혼의 어둠의 매정함에도 항상 기다린다.

빛은 어디에서나 있다. 네가 있는 한.

17

어디야 :

짝이 있는 곳을 알려주는 친절한 네비게이션

어디야? 우리의 약속장소에 도착했는데 네가 어디 있는지 궁금할 때.

어디야? 우리의 약속시간이 다 되었는데 네가 보이지 않아 기다릴 때.

몇 번의 '어디야'가 반복되면서 관심이 호감이 되고 호감이 좋아하는 감정이 되고 사랑이 된다.

몇 번의 '어디야'가 반복되면서 우리의 시간이 너의 시간, 나의 시간이 된다.

나는 네가 나를 찾기 전에 먼저 말하는데 도무지 너는 나를 먼저 찾지 않는다.

그렇게 '어디야'는 관심에서 호감에서 좋아하는 감정에서 사랑에서 짝을 찾는 짝사랑으로 돌아간다.

짝이 없는 사랑은 어디냐고 물어볼 사람이 없어서 자신에게 묻는다.

'오늘은 어디를 가볼까. 오늘은 어디 가서 뭐 먹지?' 혼자에 익숙해져 간다. 혼자에 익숙해진 내 모습은 짝을 찾아준다. 누군가에 짝사랑이 시작됐다.

짝은 혼자서도 온전할 때 찾아온다.

짝은 기다리게 하지 않는다.

짝은 '어디야?'라고 부르기 전에 이미 곁에 있다.

'어디야'는 짝이 있는 곳을 알려주는 친절한 네비게이션이다.

18

바닷가 아닌데 바닷가 같다고 한다. :
내가 있는 곳이 파라다이스

외근을 갔을 때 찍은 사진이다. 동대문 역사문화공원의 실내인데 해변의 모래와 비슷한 색깔의 잔디 덕분일까 다들 모래사장을 떠올렸는지 바다 같다고 했다. 동대문 역사문화공원으로 외근 나 갔을 때 찍은 거라고 하니까 놀랐다.

바닷가 하면 떠오르는 시원한 바람과 물, 더위를 씻겨 내려주는 파도소리, 바다 특유의 짠내.
바다는 모든 사람들이 청춘이 되는 곳이다.

새싹이 파랗게 돋아나는 봄철이라는 뜻의 청춘에 쓰인 '봄 춘'자의 봄이 매해 돌아와 새싹을 파랗게 피우듯 우리의 청춘도 나이에 국한 되지 않고 매해 돋아난다. 남녀노소 상관없이 바다를 가면 청춘이 되어 논다.

푸르른 모든 나이의 청춘들이 향하는 바닷가는 파라다이스라고 불리며 칭송 받기도 한다. 파라다이스라는 이름에 걸맞게 신혼여행지나 휴양지로 인기가 좋은 바다를 나는 외근을 하다가 왔다.

내가 있는 곳이 파라다이스인가보다.

19

다 다르지만 동그랗다. :
다 다르지만 틀리지 않았다.

버섯의 단면은 동그랗고
달걀의 노른자도 동그랗고
달걀의 흰자도 동그랗고
프라이팬도 동그랗다.

다 동그라미지만 다르다.
다 다르지만 틀리지 않았다.
다 다르지만 동그라미다.

20

야식은 체력의 부담이 타협을 하는 계기 :
본능적으로 먹고, 본능적으로 자자

야식을 먹으면 건강에 안 좋으니까, 살도 찌니까, 야식은 순간에
만족이고 나중은 후회뿐인 유혹이니까 참아야지, 참아야지 하면
서 내 몸을 야식에게 내어준다.
야식과 나는 피곤함과 노곤함을 교환한다.

피곤함은 서 있기 싫은데 억지로 서 있어야 하는 체력의
부담이고,
노곤함은 서 있지 않아도 되지만 굳이 '서 있어 볼까?' 하다가
'에라 모르겠다.' 하는 체력의 타협이다.

부담의 반을 야식에게 내어주니 체력은 이내 타협해 '오늘만, 그
냥 이렇게 쉬자.' 하고 드러누워 버린다. 늘어지게 잔다. '아, 이
러면 안 되는데' 하는데 눈꺼풀은 이미 절반 이상이나 감기고 팔
은 추욱 쳐졌다.

'이러면 안 되는데, 청소도 해야 하고, 뭐도 해야 하고, 뭐.....'
늘어지게 잔다.

머리만 대도 피곤한데 바빠서 하루종일 끼니도 대충 때웠다면,
그냥 먹자. 그냥 자자. 본능에 충실하자.
야식은 몸에 안 좋고, 음식을 먹고 바로 자는 것은 더 안 좋지만
자고 싶은 마음, 쉬고 싶은 마음의 본능적 끌림을 다 접고 10시
간 남짓한 시간을 참아왔으면 그래, 가끔 본능적으로 살자.

본능적으로 먹고, 본능적으로 자자.

21

현실 속 영웅의 질투 :
누군가는 간절히 원하고 바라는 것

현실에 사는 우리는 꿈을 질투하고, 영화를 질투하고, 드라마를
질투하고, 동화를 질투한다.

꿈 속, 영화 속, 드라마 속, 동화 속 주인공을 부러워한다. 나는
왜 저렇지 못 할까, 나는 왜 주변에 저런 사람이 없을까.

탓 하게된다.

탓을 하다가 다시 질투한다. 비교하고 탓하고 질투하는 건 무엇 하나 현실을 도와주지 않는다. 무엇하나 현실을 아끼지 않는다.

장화 신은 고양이를 봤다. 장화 신은 고양이는 9개의 목숨이 있다. 9개의 목숨 덕일까 겪어보지 못하고, 본적도 없어 무서운 죽음을 무서워하지 않았다. 마지막 목숨을 가지고 살아갈 때가 돼서야 죽음을 두려워한다.

마지막 목숨에서 장화 신은 고양이는 소원을 이뤄주는 별에게 소원을 빌어 목숨을 다시 얻으려고 한다. 환영받는 영웅의 삶으로 돌아가려고 하다가 한 번 뿐인 마지막 인생을 살기로 결심한다.

한 번 뿐이라서 더욱 특별하고 소중해서 더 행복 할 수 있는 마지막 인생을 사는 장화 신은 고양이와 사람들.
사람에게도 몇 번의 인생이 있었을 수도 있다. 하지만 기억나는 인생은 지금 살고 있는 인생 하나이기에 인생은 결국 한 번 뿐이다.

한 번 뿐이라는 한정과 마지막 기회라는 말과 현실은 심장이 두근두근 뛰는 촉박함을 주고, 절박하지만 겸손한 태도를 갖게한다.

한 번 뿐이라서 처음이자 마지막인 현실을 움직이는 원리는 욕심이라서 현실은 끊임없이 질투 할 것이다.
현실이 질투하는 동화 같은 영화에 사는 장화 신은 고양이는 모두가 질투하는 소원을 이룰 기회 대신 단 한 번의 인생을 선택

했다.

현실이 질투하는 동화 같은 영화 속 꿈을 이룰 기회 대신 현실을 사는 사람들의 한 번 뿐이자 마지막인 인생을 선택한 영웅 장화 신은 고양이.

한 번 뿐이라서 어리숙하고, 실수도 많고, 모자람이 넘치는 현실. 처음이지만 애석하게도 그 처음이 마지막인 현실은 사실 한 번으로도 충분한게 아닐까.
영웅으로 추앙받는 주인공이 선택 할 만큼 가치 있는게 아닐까.

현실은 질투를 하기에는 한 번 뿐이고,
현실은 질투를 하기에는 누군가가 간절히 원하고 바라는 마지막 기회다.

현실이 질투하고 있는게 사실 또 다른 현실이 아닐까.
내가 탓하고 질투하는 무언가는 사실 누군가가 간절히 바라고 원하는 것들이 아닐까.

한 번 뿐이고 마지막인 현실을 사는 우리 모두 단 한 번 쥐어지는 마지막 기회를 잡은 영웅들이다.

22

그림자 :

그늘을 그림 같은 작품으로

유독 좋아하는게 있다면 그림자다.

그림자의 유의어는 그늘, 불행이란 불온한 단어들인데 나는 그럼에도 불구하고 그림자가 좋다.

그럼에도 불구하고 좋아하는 무언가가 있다는 것은 축복이고, 그럼에도 불구하고 무언가가 나를 좋아한다면 행운이다.

아무런 것과는 상관없이 그림자가 좋은 이유는 여러 개다.
첫 번째는 내가 싫어하는 사람을 진짜로 밟지 못 하는 대신에 그림자를 밟으며 소소한 복수를 할 수 있다는 것에서 오는 짜릿한 통쾌함이다.
두 번째는 세상에서 내가 가릴 수 있는건 어느 것 하나 없는데 넓이와 길이를 가늠할 수 없는 크기의 빛을 고작 지구의 먼지 정도의 크기를 하고 있는 내가 가린다고 그림이 그려지는게 좋아서다. 그려진 그림을 보며, 해의 빛과 나의 그늘이 만든 그림은 생각보다 더 아름답다는 것을 깨닫는다.
세 번째 이유는 나의 자취가, 나의 그늘이 해의 빛을 만나 그림자가 된다는 것 자체가 신기해서다. 그림자에서 자를 빼면 그림이 된다. 아름다운 풍경을 보고 '그림같다.'라고 감탄한다. 나의 자취가 나의 그늘이 빛을 만나 그림이 된다는 거 같아서 내가 하나의 작품이 되는 거 같아서 좋다.
네 번째 이유는 아주 작은 여린 풀들도 그림자가 있기 때문이다. 사회생활을 하다 보면 강자에게는 약하고, 약자에게는 강한 비겁한 사람들을 종종 보며 서글퍼져 올 때가 있다. 그림자는 강자던 약자던 구분하지 않고 똑같이 대해준다. 그 담대함과 평등함이 좋다.

이런 이유가 없더라도 나는 그림자가 좋다.

그림자는 나를 배신하지 않는다. 항상 나를 따라 다닌다. 나의 뒤를 지키다가 문득 내가 걱정되는지 때로는 내 옆이나 앞으로 찾아와 눈을 맞춘다.

불온한 단어들과 유의어인 그림자는 온전한 사랑을 주는 햇살의 찬란하고도 따스한 눈이 부신 빛이다.

자신이 그늘이 되어 나의 자취와 그늘을 그림처럼 그리고, 나의 불온함마저 온전하게 받아드려 준다.

그림자는 나를 떠나지 않아서, 떠나지 않을 거라는 확신이 있어서 불안과 불온함을 떨치게 하고, 안정과 평온을 준다.

23

빨간색도 시원해 :

나이를 먹는다는 건 풍부해진다는 것

바다가 생각나는 파랑, 파랑은 시원함을 상징하는 색이다. 정수기의 냉수도 파란색이다.

파란색은 시원함, 청량함, 더 나아가 추위, 겨울의 한 계절을 나타내는 색이다. 겨울처럼 시원하다 못해 춥기도 한 냉정한 파란색은 여름에도 생각난다. 여름의 파랑은 추위로 여름의 온도를 낮춰줘서 무더운 여름에 시원한 조각바람을 불게 한다.

태양이 생각나는 빨강. 빨강은 뜨거움을 상징하는 색이다. 정수기의 온수도 빨간색이다.

빨간색은 따듯함, 따스함, 따끈함 더 나아가 더위, 여름의 한 계절을 나타내는 색이다. 여름처럼 덥다 못해 뜨겁기도 한 열정적인 빨간색은 겨울에도 생각난다. 겨울의 빨강은 더위로 겨울의 온도를 높여줘서 매서운 겨울에게 따스함을 비친다.

파랑과 빨강은 표현이 닿아 있기에는 색도, 분위기도 풍기는 분위기도 다른데 똑같이 시원하다.

어릴 적 나는 이해 못했다. 어른들이 왜 뜨거운 국물을 마시고 '으아~시원하다.'하는지.

어릴 적 나는 알 수 없었다. 어른들이 왜 뜨거운 물에 몸을 담구고 '으아~시원하다.'하는지.

지금의 나는 이해한다. 지금의 나는 안다.

지금의 나는 어릴 적 높아만 보이던, 나와는 닿지 않을 것 같았던 어른들이 뜨거운 국물을 마시고 하는 감탄사를 하고, 뜨거운 물에 샤워를 하며 '시원하다'라고 말한다. 저절로 그렇게 말이 나온다.

나이를 먹는 것이 무서웠는데, 나이를 먹는 것이 걱정됐는데 생각보다 괜찮다.

나이를 먹는다는 건 느낄 수 있는 감정이 풍성해지는 거다.
나이를 먹는다는 건 감정의 폭이 넓어지는 거다.
나이를 먹는다는 건 삶이 풍요로워지는 거다.

어려도 봤고, 젊어도 봤고, 어른도 되어봤고, 노인도 되어보면서
시간들이 깊게 쌓여 삶의 느낌이 풍부해진다.

24

뜻밖에 :

뜻 없이 찾아와 지속되는 행복

뜻밖에 들려오는 종소리가 귀를 선선한 바람으로 밝힌다.
뜻밖에 맞이한 소리는 유독 반갑고 살갑다.

마치 그리운 사람처럼 애달픈 사랑스러움이 있다.

뜻밖에 찾아온 안개 낀 날 푸르고 명랑한 소리처럼
뜻밖에 찾아온 행운의 나날들은 예고 없이 발칙하리만큼 갑작스
레 찾아온다.

지금이 아니어도 당장이 아니어도 괜찮다.
나중에라도 언젠가는 꼭 행운이, 지속된 행복이 찾아온다.

25

라비앙로즈 :

장밋빛 인생

장미의 향은 꽃의 화려하고 어여쁜 향기보단 싱긋거리는 풀향에 가깝다. 장미의 색은 **빨강색**으로 강렬하지만 여린 분홍색도있다. 매혹적인 **빨강**에 가녀린 분홍색 한 방울을 타 석양을 만든다.

석양의 색은 해에서 달로 가는 교차점이라서 묘하다. 석양은 해와 달을 이어주는 시간을 담은 색이라서 깊다.
지하철이 지상으로 가는 순간 기다란 창문으로 보이는 장미의 꽃잎으로 물든 세상은 장밋빛 인생으로 가는 길 같다.

비록 지금이 장밋빛처럼 빛나지 않아도, 다 시들어버려 축 쳐졌더라도 지금은 순간일 뿐이다. 순간들이 스치는 순간들은 장밋빛 인생으로 향하는 걸음이다. 걸음이 거름이 되어 장미가 무럭무럭 튼튼하게 자라도록 도와줄 것이다.

지하철을 타고 어딘가를 가는 것처럼 우리는 매일 장밋빛 인생을 향해 가고 있다. 어쩌면 이미 장밋빛 인생일지도 모른다.

매일 해가 지고 달이 떠 석양으로 하늘이 칠해지는 것처럼 인생도 장밋빛으로 칠해진다.

26

돌아오고, 흘러간다 :

시간과 좋은 일은 돌아오고,

물이 흐르는 것처럼 나쁜일은 흘러간다.

두 시에 물은 환하고

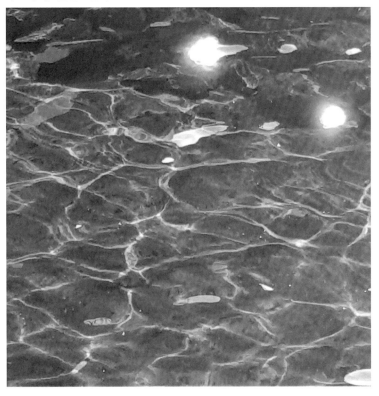

두 시에 물은 캄캄하다.

이른 두시는 이른 시간이라서 새들의 지저귐과 잎들의 살랑거림
이 들릴 것 같은데 고요한 소리로 시간을 적신다.
나른한 두 시는 이른 두 시보다 나중이라서 더 어둡지 않을까
싶은데 태양이 가장 높은 곳에서 바라보는 시점이다.

같은 두 시지만 그 색과, 냄새와 분위기는 정반대다.
먼저 온 두 시는 먼저지만 하루의 시작보다는 끝과 가까워 어둡
고, 나중 온 두 시는 느리게 찾아와 하루의 시작보다 끝에 가깝

지만 해가 하늘 중간에 있어서 밝다.

쉬는 날에 두 시는 유독 졸려서 오분만 오분만 하거나 쉼이 좋아서 잠을 미루는 짓궂음이다.
일하는 날 두 시는 밥을 먹은 후 몰려오는 식곤증과 퇴근을 기다리는 간절하지만 게으른 움직임이거나 이미 잠들어 없는 시간이다.

오전 두 시와 오후 두 시는 열 두 시간을 두고 서로를 만난다.
시계 속 한 바퀴를 빙 돌아야 만나는 시간이지만 만나고, 지나간다.

싫은 시간을 만났어도 시간이 가서 잘 시간이 되고 배고픈 시간이 되는 것처럼 다 지나가니 너무 스스로 괴롭히지 말자.
좋은 시간을 만났어도 시간이 가서 일어날 시간이 되고 밥 먹는 시간이 되는 것처럼 다 지나가니 자만하지 말고 겸허한 자세로 누리자.

밤이 비쳐 어둡게 보이는 물에서도 빛이 보이듯이.
다시 아침이 찾아와서 밝음이 보이는 물에서 반짝임을 찾듯이.
시간이 도는 것처럼 좋은 일은 돌아오고, 물이 흐르는 것처럼 나쁜 일은 떠나간다.

27

아침이 있다는 것 :
누군가에게 사랑받는 것

아첨하지 않아도 찾아오는 아침.
아무리 밀어내도 내게오는 아침.
오지 말라고 투정 부려도 내게오는 아침.

꾀죄죄한 모습으로 도무지 이불 밖으로 나올 생각을 하지 않는
답답한 몸짓을 가진 나를 보고도 환하게 웃어주는 아침은 내가
어떤 모습을 보여도 그대로 있어준다.

나의 가장 편안한 모습을 보고도 예쁘다는듯이 귀엽다듯이 웃는 아침은 나의 모든 투정도 받아준다.

나는 때때로 누군가의 비위를 맞추며 눈치를 보고, 누군가에게 억지로 아첨하며 불편한 역한 기운을 억지로 누른다. 나도 화가 나면 소리라도 꽥하고 지르고 싶은데 내 소리를 들어주는 사람은 없다.

그러다 아침이 오면 왜 왔냐고 저리가라고 있는 힘껏 짜증을 부린다. 그래도 내 곁에 있어주는 아침, 그래도 날 찾아오는 아침에게 미안해진다. 미안한 마음은 고마움을 깨닫게 하고 고마움은 이내 사랑이된다.

사랑이라고 말하는 사랑은 떠나고 다시 오고, 왔다 갔다 하는 변덕스러움을 가져 이따금씩 지겨움을 준다.
아침은 떠나지 않는다. 누군가가 언제나 곁을 지킨다는 것은, 누군가가 매일 찾아온다는 것은, 누군가가 짜증을 받아준다는 것은 당신을 아침이 그러하듯 사랑한다는 것이고, 이내 당신도 사랑에 빠질 것이라는 예고다.

누군가에게 아침을 편하게 보여줄 수 있다는건,
누군가가 나를 몹시도 사랑스럽게 본다는 것이다.
누군가가 만져지지 않아도 누군가가 보이지 않아도
날이 안 좋아도 좋아도 찾아오는 아침이 있는 우리는 몹시도 사랑스러운 우리들이다.

28

얼굴을 활짝 피자 :

활짝 핀 얼굴은 씨앗을 낳는다.

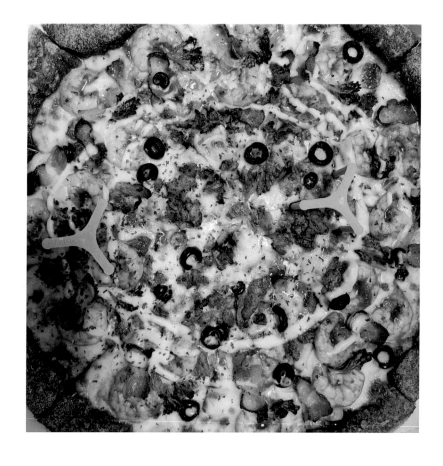

인어공주가 되어 목소리를 빼앗긴 것도 아닌데 하루종일 말을
한 적이 없다.
웃는 방법을 잊은게 아닌데 웃음을 잃었다. 말도 표정도 없었던
월요일부터 금요일.

말과 표정이 조금씩 생기는 토요일과 일요일.
월요일로 가는 일요일의 길목이 외롭지 않게 음식을 주문했다.
배라도 불리면 가는 길이 그나마 괜찮겠지.

피자가 왔다. 커다랗지만 납작한 박스를 열자 피자가 환하게 웃
고 있다. 피자를 고정해주는 핀은 웃을 때 더 반짝이는 맑지만
개구진 순수함을 가진 눈동자 같고, 빙그르르 둘러진 흰 소스는
슬며시 올라가는 입술 사이 보이는 하얀 치아같다.

피자를 따라 입꼬리를 당겨보고 치아를 씨익 보여봤다. 그렇게
피자를 따라하며 얼굴을 활짝 피고 네 조각쯤 먹었을 때 배가
불러왔다.

남은 피자를 통에 옮겨 보관하고, 월요일 저녁에 또 먹었다. 도
무지 펴지지 않던 표정을 가진 월요일에 얼굴이 활짝 피었다.

월요일은 내가 웃기를 기다렸나보다. 내가 웃자 바로 더 환한 웃
음으로 답한다.

표정은 표정을 낳는다.

슬픈 표정은 눈물을 낳고, 기쁜 표정은 웃음을 낳고, 화난 표정은 분노를 낳는다.

활짝 핀 얼굴은 씨앗을 낳는다. 씨앗이 새싹이 되고 새싹이 꽃이 되어 활짝 핀다.

피자, 얼굴을 활짝 피자.

29

뭐라고 생각해도 상관없어 :

나는 나니까

작고 가느다란 풀잎이 우둑하니 혼자 서있다. '너 까짓게 거기서 뭐해? 한심해. 그래봤자 너는 그냥 풀 아니야?' 작고 가느다란 풀잎에게 쏟아지는 무시라는 시기와 무례라는 무식을 뻗는 가시 돋힌 말들.

풀은 듣지 않는다. 바람이 자신의 몸을 잡아 먹으려는 듯 휘몰아쳐도 사람의 발이 짓누르려는 듯 위에서 아래로 떨어져도 신경 쓰지 않는다.
"
뭐라고 생각해도 상관없어.
나는 나야. 너가 서 있지 못 하다고 해서 나도 못할 거라고 생각 하지마. 너의 불행을 나에게 번지게 하지마. 나는 할 수 있으니까. 나를 깎아 내리지마.

지금 여기에 이렇게 당당하게 서 있는 건 네가 아니라 나니까.
"

작은 풀잎 하나는 그 누구보다 당당한 자세로 지붕이라는 높은 자리에서 자신을 괄시했던 것들을 내려다본다. 하지만 절대 무시 하지 않는다. 풀잎은 그것들과 다르니까.

풀잎은 유일한 풀잎이라서 나는 나고, 너는 너니까.

30

하늘과 물 : 사람사랑

하늘을 찍은건데 물 같다. 하늘의 잔잔함과 물의 잔잔함은 서로
에게 스며들듯이 닮아서 요동치는 하늘의 구름과 요동치는 물의
방울들도 닮았다.

하늘과 물처럼 서로를 닮은 것이 있다. 사람과 사랑이다.
사랑을 해서 사람이 있는걸까 사람이 있어서 사랑이 있는걸까.
꽤나 철학적인 이 질문에 답은 발음도 모양도 비슷한 사랑과 사람, 두 개가 같다는 것이다.

어떤이의 사람사랑은 서로를 등지고 있어서 마음이 없는 잔인함이다.
어떤이의 사람사랑은 서로를 보고는 있지만 멀리 있어서 낯설은 설레임과 어색함, 약간의 차가움이다.
어떤이의 사람사랑은 마주보고 맞닿아 있어서 살랑이는 꽃잎과 사랑스런 입술이다.

사람은 곧 사랑이고, 사랑은 곧 사람이다.
하늘과 물이 서로를 마주하고 있는 것처럼 등 돌리지 말자. 살랑이는 바람에 찰랑하고 세상에 번지는 꽃잎들의 내음처럼 입술로 향긋한 낱말과 단어, 문장으로 사람에게 사랑을 말하자.

31

누구나 가지고 있기에 걱정할 것 없는 :
불안의 매력

*여기서 말하는 걷는 다리는 휠체어, 지팡이, 목발, 등을 포함합니다.

일정한 간격을 두고 심어진 다리의 기둥은 안정적이다.
일정하지 않게 있는 기쁨과 분노와 사랑과 즐거움은 간격이 없어서 불안하다.

언제 기쁠지, 언제 분노할지, 언제 사랑할지, 언제 즐거울지 알 수 없어서 준비할 수도 없고, 현명하게 피할 수도, 지혜롭게 받아들일 수도 없다.

다리의 기둥은 일정해서 안정적이지만 어딘가를 가지 못한다. 그저 기다릴뿐이다.
인생을 걸어가는 다리는 때로는 명청하고, 무모하리만큼 용감하고, 답답할 정도로 소심하지만 기다리지 않고 나아간다. 무턱대고 나아가는 성급함의 매력은 일정한 간격을 두고 심어져 안정적인 다리가 가지지 못하는 것이다.

안전함을 동경하다 불안한 다리의 매력을 발견한다. 이내 누구나 불안하다는 것 그렇기에 불안해 할 필요없다는 것도 깨닫는다.

지혜롭지도 현명하지도 않아서 바보 같을지라도 움직여 닿을 수 있는 힘이 있는 다리가 좋다. 불안하면 어때. 그럴수도 있지. 처음 걷는 길을 어떻게 다 알 수 있겠어.

32

모든 것은 일렁인다. :

상처 속 자신과 자신의 상황을 탓하거나

미워하지 말자

건물이 건물에 비춰 일렁인다.

딱딱하고 거대한 건물도 자신과 같은 이름을 한 건물에 비춰 일렁이는데 건물의 10분의 1보다도 더 작은 사람이 사람에 비춰 일렁이는 것은 당연한 것일지도 모른다.

상처를 받아서 아픈건 당연한 것이기에 아파하지 않으려고 애쓸 필요 없다. 눈물이 난다면 눈물을 흘리고, 피가 난다면 피를 흘리자. 화가 난다면 화를 내자. 그래도 된다.

딱딱한 건물도 자신과 똑같이 건물이라고 불리우는 것에 끼이고 비추면 속이 울렁거려 곧은 모습이 일렁거리는데 그보다 더 작은 사람이 힘든 건 정말 어쩔 수 없는 일이다.

건물을 만든 사람은 건물을 만들 정도로 똑똑하고, 건물을 단단히 만드는 지식은 있지만, 자신을 단단하게 만드는 지혜는 없어서 우둔하다.
비가 오나 눈이 오나 무너지지 않는 건물처럼 자신을 단단하게 만들려고 책도 읽어보고, 운동도 해보고 하지만 여전히 상처는 받는다. 상처를 안 받을 수는 없다. 건물도 흔들리고 일렁이는데 어떻게 조그마한 인간이 상처를 받지 않겠는가.

상처를 주는 건 당연하지 않지만, 상처를 받는 건 당연하다. 상처에 뒤로 주춤 움직이는 건 당연하다. 건물도 일렁이는데 비 하나 우산 없이 피하지 못하는 사람은 당연히 일렁일 수밖에 없다.

모든 것은 일렁인다. 상처받은 자신과 자신의 상황을 탓하고 미워할 필요 없다.

33

빼꼼 : 작은 용기는 없다.

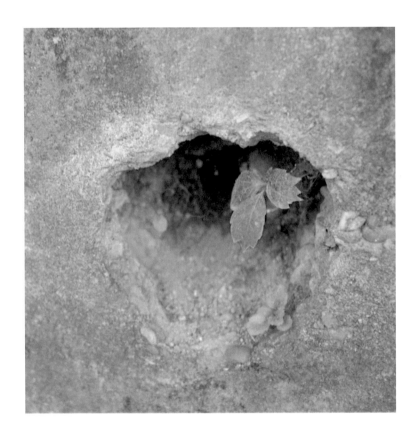

자연과는 어울리지 않는 시멘트. 시멘트의 유의어는 인조석분이다. 인조석분에 들어간 사람이 만들었다는 뜻에 인조. 사람은 자연으로부터 태어났지만, 자연과는 거리가 먼 길을 걷는다. 그 증거로는 자연의 풀과 흙을 들어내고 시멘트를 까는 것이다.

자연을 드러내고 딱딱하고 차가운 시멘트로 덮는다. 나를 드러내고 딱딱하고 차가운 무언가를 덮는다. 덮다 못해 자연과 나는 묻힌다. 나를 덮은 것들은 무엇인지 알 수 없지만 확실하게 느껴지는 온기 없는 온도와 무게에 나는 확신한다. 나는 용기를 내지 못할 것이다.

그렇게 물에 잠긴 듯, 흙에 파묻힌 듯 숨만 겨우 쉬며 산다. 끝이 없는 시멘트가 만든 길을 걷는다. 길의 벽을 손 끝으로 만져본다. 우둘투둘한 벽이다. 손가락 끝으로 쭉 벽을 따라간다. 말캉한게 부딪힌다. 여린 잎이 만져진다. 빼꼼 고개를 내밀고 있는 식물이 느껴진다. 식물의 고개의 높이에 맞게 몸을 숙인다. 가만히 바라본다. 지긋이 눈을 맞춰본다. 싱긋 입 꼬리를 올려본다.

식물을 보고 나는 힘을 얻는다.
식물을 보고 힘을 낸 건 이번이 처음이 아니다.

힘을 내야 하는데 자꾸 힘을 들어서 힘이 나지 않았던 어떤 시절, 나는 나의 반려식물을 제대로 보살피지 못해 추위에 떨게 했다. 미안해서 얼른 식물을 방 안으로 들였지만 차가웠다. 미안해서 눈물이 났다. 그 식물의 이름은 투투와 코코였다.(스파트필름과 고무나무) 미안해하면서도 내가 우선인 이기적인 나는 투투와 코코를 방안에 들여놓고 다시 처 잤다.

몇 시에 자서 몇 시에 일어난 건지 알 수 없었다. 사람이 싫어서 또 귀찮아서 핸드폰을 안 봤으니까. 불을 켜지 않은 방 안의 밝기를 보니 해가 막 뜨는 새벽에서 아침으로 가는 길목이었다.
투투가 고개를 들었다. 축 쳐져 있던 잎들을 다시 올렸다. 코코는 생기를 띄었다.

나는 지독하게 미안해서 지겹도록 엉엉 울었다. 내가 뭐라고 저 작은 것들에게 추위를 명령하듯 선물했을까. 내가 뭐라고 이 작은 것들을 보고 힘을 받아도 될까. 고마움과 미안함이 복잡하게 얽혔다.
나는 그래도 되나 싶어 하면서도 결국 힘과 용기를 받았다.

식물에게 힘을 받는다. 작은 식물이 가진 용기는 작지 않아서 전해진다. 전해진 용기는 힘을 들 수 있는 힘을 준다. 그래서 힘을 나게 한다. 힘이 나면, 용기는 더욱 커져서 빼꼼 고개를 내밀게 한다.

살며시, 아주 조금의 빼꼼은 살며시지만 절대 아주 조금이 아니다. 아주 조금이 가진 힘은 때로는 아주 강력해서 씩씩하고 굳센 기운으로 시간과 공간을 채우기 때문이다. 용기는 빼꼼 이라도 절대 작지 않다.

세상에 작은 용기는 없다.
모든 용기는 어느 정도와 상관없이 보통 이상으로 대단하다.

34

흐린 눈으로 봐도 빛나는 야경의 까닭 :
노력

야경은 아름다운 것이었는데 어느 순간 야경을 야근과 연결시켜 보기 시작했다.
야경을 바라만 보는 입장이었는데 어느 순간 야경의 한 조각이 되기 시작했다.

야경에 일부가 된 후 야경이 아름답지만은 않다. 척박한 땅에서 노력으로 일궈낸 지금의 결과가 야경 같아서 야경을 보면 괜히 쓰라리기도 하다. 그래도 여전히 야경은 황홀한 아름다움이다. 화려한 적막함이다.

야경을 내려다보며 먹는 코스요리는 언제나 만족스럽고, 야경을 내려다보며 받는 꽃다발은 언제나 특별하다. 야경이라는 글자가 주는 낭만은 확실히 존재한다.

야경이 낭만적인 건, 야경이 흐리멍덩하게 찍혀도 야경스럽게 도도하면서도 기품 있는 건 노력이 곳곳에 녹아 들어있기 때문이다. 지금의 야경이 있기까지 겹겹이 쌓인 노력들, 높은 곳에 올라와 야경을 내려다 보기위해 걸어온 걸음들, 높은 곳에서 야경을 안주삼아 얘기하기 위해 쓰인 시간들. 모두 노력이다.

어디서 어떻게 봐도 좋고, 아름다운 야경.
어디서 어떻게 찍어도 좋고, 아름다운 야경.
야경이 균형과 조화를 이룬 듯 아름다운 건 노력이 켜켜이 쌓이고 구석구석 메꾸고 있어서다.

노력은 어떻게 봐도 훌륭하게 아름답다.
노력은 고요함 속 화려함이다.

35

유리잔이 도자기가 되기까지 :
매일을 똑같이 빚다

생일은 꼭 무언가를 해야만 할 것 같아서 귀찮고, 힘들다.
생일은 무조건 좋은 일들로만 가득 채워야 할 것 같아서 조그마
한 충격에도 깨져버리는 유리잔 같다.

내 기억이 또렷한 시점에서부터 세어보는 생일은 그저 그렇거나
평소보다 나빴던 적이 더 많다. 19살 생일에는 일평생 사촌오빠

들과 장녀와 비교하며 나를 차별하던 할아버지가 돌아가셔서 장례식장에서 생일을 보냈고, 미역국 대신 육개장을 먹었다. 20살 생일에는 아빠가 부인과 딸이 싫다며 돈을 들고 집을 나갔다.(아빠의 경우에는 내 오해에서 비롯된 것이었기에 지금은 죄송할 따름이다. 난 아빠를 왜 미워했고, 탓했는지, 아빠는 왜 나에게 미안해했는지, 왜 아직도 미안해하는지. 미안해할 필요 없기에 나를 향한 아빠의 사과는 마음이 아프다. 외려 내가 그저 죄송하고 감사할 뿐이다.)

생일은 누군가 떠나가면서 상처를 줘서 선물보다 큰 상처를 받는 날이다. 흉터처럼 없어지지 않는 기억이지만, 언젠가는 옅어지지 않을까 하는 기대감에 약을 바르면 없어지는 상처라고 말하고 싶다.

상처는 아물지 않았지만, 쓰라리지 않을 때쯤 생일이 좋아졌다. 무섭지 않았다. 기억이 시간으로 덮혔고, 생일도 결국 시간이라는 걸 알아서 서서히 괜찮아졌다.

내 생일은 11월 말이라서 매섭게 추울 때도 있지만, 가을에 걸터 있어서 간편한 외투로도 충분하기도 하다. 어떤 해에 11월 말은 밖에 나가기 두려울 정도로 추웠고, 어떤 해에 11월 말은 가을의 날씨처럼 무엇을 하던 영화가 되는 날이었다.

생일도 그렇다. 날씨처럼, 계절처럼 생일도 사계절의 하루라서 맑은 날도 있고, 흐린 날도 있고, 비가 오기도 하고, 평일이기도 하고, 주말이기도 하다. 생일이라고 해서 굳이 조심할 필요 없다. 조심히 들고 가다가 오히려 더 쉽게 깨뜨리는 유리잔처럼 생일을 굳이 그렇게 조심스레 대할 필요 없다. 생일에 유독 예민하게 신경 쓰고 기대할 필요 없다. 실망할 필요도 없다.

모든 날에 누군가들에 생일이 있다. 결국 매일이 생일이다. 매일을 특별하지만 담담하게 지내다보면 매일과 생일이 어느새 나도 모르게 유리잔에서, 도자기가 되어 있을 것이다.

36

잊지 말자, 우리의 요리라는 것을 :

놓치지 말자, 소금과 후추 같은 사람을

익히기 전과 익힌 후 크기가 훅하고 줄어드는 채소는 연애 초 사랑에 대해 당당하게 말하는 모습에서 시간이 지나 사랑이 익숙함이 돼서 자기를 더 생각하고 사랑에 자신이 없어져 쪼그라든 겁쟁이 같다. 웃긴 건 쪼그라든 겁쟁이 채소가 내 입에 더 잘 맞고 사랑도 연애 초의 설렘보다는 시간이 지나 서로가 편해진 순간을 선호한다는 것이다.

함께 시간을 보내다 보면 추억이 커진 만큼 상처도 커지지만, 요리에 들이는 시간이 커질수록 맛이 깊어지는 것처럼 사랑도 깊어진다.

채소가 칼에 썰리듯 아파도, 채소가 불에 올라가 뜨거워지듯 사랑도 고통과 상처의 흔적이라는 일련의 과정을 통해 성숙되어 완벽한 맛을 만들어 간다.

맛을 보기 전까지는 무슨 맛인지 모른다. 사랑의 결실을 맺는 과정도 해봐야 안다. 뭔지 몰라서 지레 겁먹고 이상한 겁에 질려 맛보지 않으면 모른다. 하나의 요리가 완성되기까지 하나의 사랑이 완성되기까지 모두 모조리 맛보면서 맛을 맞춰나간다.
맛은 소금과 후추를 더 뿌리며 맞출 수 있는 거기에 겁먹을 필요 없다. 또, 요리를 보지도 먹어보지도 않는 사람의 평가에 휘둘릴 필요 없다. 그거야말로 정말 시간 낭비니까.

요리를 하다 보면, 연애를 하다 보면 레시피대로, 연애의 공식대로 되지도 않고 그렇게 하기도 싫다. 내 요리고, 내 연애기 때문에 내 방식대로 하는 것이 편하고 좋다. 내가 주도할 수 있는 부분은 나를 믿고 하는 게 후회 없다. 후회는 남아있으면 커져서 미련이 되고, 두고두고 생각이 나서 오늘을 살지 못 하게 한다.

잊고 있었던 취미, 요리를 하니까 다른 취미도 하고 싶어졌고,
사랑을 할 수 있을 것 같다. 사랑을 받을 수 있을 것 같다.

잊지 말자, 삶의 맛을 높여주는 소금과 후추 같은 취미를.
놓치지 말자, 소금과 후추 같은 삶의 맛을 내주는 사람을.

37

아웃 포커스 :
아웃은 없어

영화나 사진을 찍을 때 일부러 의도적으로 초점을 맞추지 않고 흐릿하게 나타나도록 하는 기법 속 아웃 된 사물 들은 아웃 된 걸까?

아니. 전혀.

아웃 포커스 촬영에서 아웃이 먼저 나오는 것처럼 아웃이 있기 때문에 포커스가 맞춰지는 것이다. 조화와 균형을 맞추고 있을 뿐 아웃 된 것이 결코 아니다.

내 인생인데 포커스가 자꾸 다른 사람에게 간다고, 나를 봐줬으면 하는데 봐주지 않는다고 내 인생에서 아웃 된 것이 아니다.

포커스가 자신한테 있지 않다고 해서 아웃 된 것이 아닌 것처럼 인생에서 아웃은 없다.
언제나 아웃 포커스의 일부처럼 작품을 만드는 존재이자 작품 그 자체다.

38
없애고 싶은 것 :
주름일까, 세월일까

찰랑거리는 소리에 고개를 돌려보니 물과 가까이 걷고 있던 내 걸음.
찰랑거리는 소리에 만들어진 물의 파동은 주름처럼 자글자글하다. 자글자글하게 접힌 주름들의 거리는 일정한 듯 일정하지 않아서 그 거리에 무엇이 담겨 있는지 알 수 없다.

주름도 그렇다. 어떤 주름에는 분노가, 어떤 주름에는 슬픔이, 어떤 주름에는 기쁨이, 어떤 주름에는 그저 시간이 있다.

나이를 먹으면 자연스레 생기는 주름은, 없애고 싶은 것이다.
주름을 없애고 싶은 걸까, 주름이 생긴 모양을 만든 시간을 없애
고 싶은 걸까.

나의 주름은 어떤 모양이 될까.
걸음이 끌린 주름의 모양처럼 편안하면 좋겠고, 잔잔한 미소가
어울리는 모양이면 좋겠다.

39

계기는 갑자기 찾아온다. :

계기는 어떤 것을 극복하게 한다.

픽션이라고는 하나도 없는 사실만이 존재하는 논픽션 현실에서 SF 영화를 본 것처럼 우주선의 내부 같은 것을 봤다. SF 영화를 보는 것처럼 연신 감탄하며 신비로운 기술들의 향연에 나의 향기조차 감춘 채 몰입했다.

뜬금없이 몰입을 한 장소는 매일 타는 지하철이었다.

버스던 지하철이던 갈아 타는게 귀찮아서 싫었던 내가 귀찮음을 떨칠 수 있었던 계기는 크지 않다. 별 다를 것 없이 늘 그렇듯 지하철을 갈아타야 해서 갈아타는 것이었는데 지하철의 창문이 컸고, 창문에서 지하철의 길이 보였다. 그게 다 다.

지하철을 갈아타는 건 내게 있어서 복잡한 일이었고, 귀찮은 일이었다.
신분당선의 창문을 통해 보이는 지하철의 길은 우주선의 내부 같아서 내게 흥미로운 일이었다.

귀찮음이 흥미가 되는 순간은 갑자기 찾아왔고, 갑자기 찾아온 것은 나의 귀찮음을 극복시켜 내가 다닐 수 있는 폭을 넓혔다.

계기는 갑작스럽게 찾아오고, 계기는 어떤 것을 극복하게 한다.

40

숨쉼 : 쉼은 숨처럼 꼭 필요한 것

　현실해몽 : 현실을 꿈결처럼 해몽하다.

2시~4시에 나는 주로 무엇을 할까?

식당들은 대부분 휴식시간을 가진다. 내 휴식도 아닌데 왜 내 마음까지 편안해지는 걸까. 왜 유독 햇살이 따스하게 비추는 것 같을까. 가장 편한 자세로 있는 것도 아닌데 기분 좋은 졸음은 왜 쏟아지는 걸까.

휴식은 게식이라서 잠깐의 쉼 사이에도 숨을 돌리게 하고, 휴식은 게지라서 일과 일 사이에 쉼표를 찍어 숨을 불어 넣는다.

누구나의 휴식은 숨 가쁘게 달려와 커다란 나무에 기대 상쾌한 공기를 품은 바람을 맞으며 들숨과 날숨을 오롯이 느끼는 거다. 누구나의 휴식은 의무처럼 꼭 해야 하는 거지만, 부담은 없는 가벼우면서도 가볍지 않은 알참을 가진 알뜰살뜰한 야무짐이다.

휴식은 꼭 필요한 들숨과 날숨과 한숨. 모든 숨쉼과 같은 쉼이다.

우리의 현실은 충분히 괜찮다.

하루종일 아무것도, 아무 일도 하지 않아도 괜찮다. 한심함을 느끼며 스스로를 탓해도 괜찮다. 한심한 자신을 탓 하는 건 발전으로 가는 길이고, 아무것도 하지 않음은 지독하게 쉼을 갈망해서 그런 거니까 괜찮다.

하루를 가득 채우려 하지 않아도 괜찮다. 살짝 모자라도 충분하다. 컵에 물을 가득 채워 조심조심 걸어서 식탁에 두는 시간과 컵에 물을 조금 채워 왔다 갔다 하며 식탁에 두는 시간은 큰 차이가 나지 않는다.

가득 채우지 않아도, 여러 번 실수해도 괜찮다.
매일 눈을 뜨고, 아침을 맞이하는 것 그것만으로도 충분하다.

별 것 없는 것에 별 다른 온도를 느끼며, 별처럼 반짝이게 써내려 간다.
무심코 지나가는 풍경들을 사진으로 담아 글을 쓴다. 글 역시 사진처럼
색깔이 있고, 그 순간의 추억을 담고 있다고 믿는다. 마음의 몽우리는
몽글몽글한 해몽이 되어 현실이 황홀한 꿈 속 의 한 장면처럼, 영화처럼
다가온다.

누구에게나 인생영화가 있듯이 누구나의 인생은 영화처럼 멋스럽고 인상
깊다.

현실해몽은 현실을 꿈결처럼 해몽한다.
현실해몽은 현실이 꿈보다 더욱 비현실적으로 환상적일 수 있다고
생각한다.
모든 것은 저 나름의 의미가 있고, 분명 가치 있다.

특히, 약간은 고되고, 때로는 많이 힘들어 포기해버리고 싶은 인생이 가치
있다.
현실을 꿈처럼 꿈꿔 보는 건 어떨까.

꿈보다 더 꿈같은 현실의 조각들을 꿈결처럼 해몽하는 '현실해몽.'

값 9,100원
03810

9 791141 017521
ISBN 979-11-410-1752-1

마음그림

아이는 마음을 그림으로 그려냅니다.
엄마는 딸의 마음을 사랑으로 풀어냅니다.

김주리 글 ＼ 이윤아 그림